Le Moïse de Michel-Ange

Sigmund Freud

...

Les traductrices se sont servies des textes contenus dans le Xe volume des Gesammelte Schriften (Oeuvres complètes) de Sigmund Freud, paru en 19211 à l' « Internationaler Psychoanalytischer Verlag », Leipzig, Vienne, Zurich.

Les traductions du Moïse de Michel-Ange, d'Une névrose démoniaque au XVIIe siècle et du Thème des trois coffrets ont paru une première fois dans la Revue française de Psychanalyse (Paris, Doin, 1927, t. I, fasc. 1, 2 et 3).

Elles ont été ici reprises et revues.

Le Moïse de Michel-Ange

[Ce travail a d'abord paru en février 1914 dans Imago, vol. III, fasc. 1, sans nom d'auteur, avec cette note de la rédaction : « La rédaction ne s'est pas refusée à accepter cet article qui, à strictement parier, ne rentre pas dans son programme, l'auteur, qui lui est connu, touchant de près aux cercles analytiques, et sa manière de penser présentant quelque analogie avec les méthodes de la psychanalyse. »]

Je commence par le déclarer : je ne suis pas un vrai connaisseur d'art, mais un simple amateur. J'ai souvent remarqué que le fond d'une œuvre d'art m'attirait plus que ses qualités de forme ou de technique, auxquelles l'artiste attache en première ligne de la valeur. Il me manque, en somme, en art, une juste compréhension pour bien des moyens d'expression et pour certains effets. Ceci dit afin de m'assurer, pour mon essai, une critique indulgente.

Mais les œuvres d'art font sur moi une impression forte, en particulier les œuvres littéraires et les œuvres plastiques, plus rarement les tableaux. J'ai été ainsi amené, dans des occasions favorables, à en contempler longuement pour les comprendre à ma manière, c'est-à-dire saisir par où elles produisent de l'effet. Lorsque je ne puis pas faire ainsi, par exemple

4

pour la musique, je suis presque incapable d'en jouir. Une disposition rationaliste ou peut être analytique lutte en moi contre l'émotion quand je ne puis savoir pourquoi je suis ému, ni ce qui m'étreint.

J'ai été, par-là, rendu attentif à ce fait d'allure paradoxale : ce sont justement quelques-unes des plus grandioses et des plus imposantes oeuvres d'art qui restent obscures à notre entendement.

On les admire, on se sent dominé par elles, mais on ne saurait dire ce qu'elles représentent pour nous. Je n'ai pas assez de lecture pour savoir si cela fut déjà remarqué ; quelque esthéticien n'aurait-il pas même considéré un tel désemparement ; de notre intelligence comme étant une condition nécessaire des plus grands effets que puisse produire une oeuvre d'art ? Cependant j'aurais peine à croire à une condition pareille.

Ce n'est pas que les connaisseurs et les enthousiastes manquent de mots lorsqu'ils nous font l'éloge de ces oeuvres d'art. Ils n'en ont que trop, à mon avis. Mais, en général, chacun exprime, sur chaque chef-d'œuvre, une opinion différente, aucun ne dit ce qui en résoudrait l'énigme pour un simple admirateur. Toutefois, à mon sens, ce qui nous empoigne si violemment ne peut être que l'intention de l'artiste, autant du moins qu'il aura réussi à l'exprimer dans son oeuvre et à nous la faire saisir. Je sais qu'il ne peut être question ici, simplement, d'intelligence compréhensive ; il faut que soit reproduit en nous l'état de passion, d'émotion psychique qui a provoqué chez l'artiste l'élan créateur. Mais pourquoi l'intention de l'artiste ne saurait-elle être précisée et traduite en mots comme toute autre manifestation de la vie psychique ? Peut-être cela ne se peut-il pour les chefs-d'œuvre sans l'application de l'analyse. L'œuvre elle-même devra ainsi être susceptible d'une analyse si cette œuvre est l'expression, effective sur nous, des intentions et des émois de l'artiste. Mai pour deviner cette intention, il faut que je découvre d'abord le sens et le contenu de ce qui est représenté dans l'œuvre, par conséquent que Je l'interprète. Une telle œuvre d'art peut donc exiger une interprétation ; ce n'est qu'après l'accomplissement de celle-ci que je pourrai savoir pourquoi j'ai été la proie d'une émotôn si puissante.

J'ai même l'espoir qu'une telle impression ne sera pas affaiblie par une analyse de ce genre.

Que l'on songe à Hamlet, ce chef-d'œuvre de Shakespeare, vieux de plus de trois cents ans [Joué peut-être pour la première fois en 1602.]. Je me tiens au courant de la littérature psychanalytique et je pense que seule la psychanalyse a su, en ramenant la donnée de cette tragédie au thème d'Oedipe, résoudre l'énigme de l'émotion puissante qu'elle produit. Mais auparavant, quelle surabondance d'interprétations diverses impossibles à concilier que d'opinions sur le caractère du héros et les intentions du poète! Shakespeare a-t-il voulu éveiller notre sympathie pour un malade, pour un dégénéré incapable d'adaptation ou bien pour un idéaliste, exilé dans notre monde réel ? Et combien de ces interprétations nous laissent tellement froids qu'elles ne peuvent rien nous apprendre sur l'impression produite par l'œuvre, nous réduisant à fonder son prestige plutôt sur le seul effet de la pensée et de la splendeur du style ! Et tous ces efforts ne nous font-ils pas justement voir que la découverte d'une source plus profonde à notre émotion est nécessaire ?

La statue en marbre du Moïse, dressée par Michel-Ange dans l'église Saint-Pierreaux-Liens, à Rome, est aussi l'une de ces œuvres d'art énigmatiques et grandioses. Cette statue n'est, on le sait, qu'un fragment du mausolée colossal que l'artiste devait élever au puissant Pape Jules II [D'après Henri Thode, la statue aurait été au cours des années 1512 à 1516.]. Je suis ravi chaque fois qu'à propos de cette œuvre je lis par exemple qu'elle est « la couronne de la sculpture moderne » (H. Grimm).

Car jamais aucune sculpture ne m'a fait impression plus puissante.

Combien de fois n'ai-je point grimpé l'escalier raide qui mène du disgracieux Corso Cavour à la place solitaire où se trouve l'église délaissée! Toujours j'ai essayé de tenir bon sous le regard courroucé et méprisant du héros. Mais parfois je me suis alors prudemment glissé hors la pénombre de la nef comme si j'appartenais moi-même à la racaille sur laquelle est dirigé ce regard, racaille incapable de fidélité à ses convictions, et qui ne sait ni attendre ni croire, mais pousse des cris d'allégresse dès que l'idole illusoire lui est rendue.

Cependant, pourquoi qualifiai-je cette statue d'énigmatique ! Aucun doute n'est permis : c'est bien Moïse qu'elle représente, le législateur des Juifs, tenant les Tables de la Loi. Voilà qui est certain, mais rien au-delà. Tout dernièrement encore (1912), un écrivain d'art (Max Sauerlandt) a pu écrire : « Aucune œuvre d'art au monde n'a inspiré de jugements plus contradictoires que ce Moïse à tête de Pan. La simple interprétation de la statue se heurte déjà à d'absolues contradictions. » A la lumière d'un travail qui ne date que de cinq ans, j'indiquerai quelles hésitations sont liées à la simple conception de la grande figure du Moïse. Et il ne sera pas difficile de montrer que derrière ces hésitations se dissimule tout ce qu'il y a de meilleur et d'essentiel pour la compréhension de cette oeuvre d'art [Henri Thode : Michel Angelo, Kritische untersuchungen über seine Werke

(Recherche critiques sur ses oeuvres), t. I, 1908.]

I

Le Moïse de Michel-Ange est représenté assis, le tronc de face, la tête, avec la puissante barbe et le regard, tournée vers la gauche, le pied droit reposant à terre, le gauche relevé de manière à ce que les orteils seuls touchent le sol, le bras droit tenant les Tables de la Loi et une partie de la barbe ; le bras gauche repose sur les genoux. Si je voulais donner une description plus précise, je serais amené à anticiper sur ce que j'aurai à avancer plus loin. Les descriptions des auteurs sont parfois extraordinairement vagues... Ce qui ne fut pas compris est du même coup inexactement perçu et rendu. H. Grimm dit que la main droite, « sous le bras de laquelle les Tables de la Loi reposent, saisit la barbe ». De même W. Lübke : « Bouleversé, il saisit de la main droite la barbe superbement ruisselante. » Et Springer : « Moïse serre contre son corps une des mains (la gauche), et de l'autre saisit, comme inconsciemment, la barbe qui ondoie, puissante. » C. Justi trouve que les doigts de la main (droite) jouent avec la barbe « comme l'homme civilisé, lorsqu'il est agité, joue avec sa chaîne de montre ». Müntz dit aussi que Moïse joue avec sa barbe. H. Thode parle « de la tranquille et ferme position de la main droite sur les Tables dressées de la Loi ». Dans la main droite elle-même il ne reconnaît aucun signe d'agitation comme le voudraient Justi et

9

Boito. « La main garde la position qu'elle avait lorsqu'elle tenait la barbe avant que le Titan ait tourné la tête de côté. » Jacob Burkhardt indique « que le célèbre bras gauche n'a, au fond, rien d'autre à faire qu'à maintenir cette barbe contre le corps ».

Les descriptions ne concordant pas, nous ne nous étonnerons pas des divergences dans la manière de concevoir certains traits particuliers de la statue.

Je pense toutefois que nous ne pouvons mieux caractériser l'expression du visage de Moïse que ne l'a fait Thode y lisant « un mélange de colère, de douleur et de mépris, la colère dans les sourcils froncés, pleins de menaces, la douleur dans le regard des yeux, le mépris dans la lèvre inférieure qui avance et dans les coins de la bouche abaissés ». Mais d'autres admirateurs ont vu avec d'autres yeux. Ainsi Dupaty : « Ce front auguste semble n'être qu'un voile transparent, qui couvre à peine un esprit immense [Thode, loc, cit., p. 197, en français dans le texte.]. » Par contre, Lübke : « Dans la tête on chercherait en vain l'expression d'une intelligence supérieure; seule la capacité d'une immense colère, d'une énergie prête à vaincre tous les obstacles s'exprime dans ce front contracté. » Guillaume (1875) diverge encore plus dans son interprétation de l'expression du visage ; il n'y trouve pas d'émotion, « rien qu'une fière simplicité, une noblesse pleine d'âme, l'énergie de la Foi. Le regard de Moïse perce l'avenir, comme s'il voyait la durée de sa race et pressentait l'immutabilité de sa Loi ». De même Müntz fait errer les regards de Moïse bien au-delà de la race humaine, « comme s'ils se fixaient sur les mystères dont lui seul a été témoin ». Pour Steinmann, ce Moïse « n'est plus le rigide législateur, le terrible ennemi du péché, rempli de la colère de, Jéhovah, mais le prêtre royal, que l'âge ne saurait effleurer et qui, bénissant et prophétisant, le rayon de l'immortalité sur le front, dit à son peuple un dernier adieu ».

A d'autres enfin, le Moïse de Michel-Ange n'a au fond rien dit du tout et ils ont été assez honnêtes pour en convenir. Ainsi un critique de la Quarterly Review, en 1858 : « There is an absence of meaning in the general conception, which precludes the idea of a self-sufficing whole [« Il y a une absence de signification dans la conception générale qui exclut l'idée d'un ensemble se suffisant à lui-même. » (N. D. T.)]... »

Et on est surpris de voir que d'autres encore n'ont rien trouvé à admirer dans le Moïse, qu'au contraire ils se sont élevés contre lui, accusant l'attitude de la statue d'être brutale et la tête d'être bestiale.

Le maître a-t-il vraiment donné à la pierre une empreinte tellement vague et ambiguë que tant de manières de l'interpréter soient possibles ?

Mais une autre question se pose, à laquelle se subordonnent sans peine toutes ces incertitudes. Michel-Ange a-t-il voulu créer en Moïse un « caractère et un état d'âme de tous les temps », ou bien a-t-il représenté son héros à un moment déterminé, mais alors hautement significatif, de sa vie ? La plupart des critiques ont opiné dans ce dernier sens et savent même indiquer la scène de la vie de Moïse que l'artiste, a immortalisée. Il s'agirait de sa descente du mont Sinaï : venant de recevoir de Dieu lui-même les Tables de la Loi, il s'aperçoit que cependant les Juifs ont fait un veau d'or, et dansent autour avec des cris de joie. Le regard est tourné vers cette scène ; cette vision provoque les sentiments exprimés dans l'aspect de la statue, sentiments qui vont sur-le-champ lancer la puissante figure dans l'action la plus violente. Michel-Ange a choisi le moment de l'hésitation dernière, du calme avant la tempête ; l'instant suivant Moïse va s'élancer, - le pied gauche est déjà soulevé de terre, - briser sur le sol les Tables et déverser sa colère sur les renégats.

Ceux qui défendent cette interprétation ne s'accordent pas, du reste, entre eux, sur certains détails.

Jac. Burkhardt, : « Moïse semble représenté au moment où il s'aperçoit de l'adoration du Veau d'or, et où il veut s'élancer.

Tout son corps frémissant est préparé à quelque action violente, et, vu la force physique dont il est doué, on ne peut attendre cette action qu'en tremblant. »

W. Lübke : « Comme si son regard chargé d'éclairs venait d'apercevoir le sacrilège de l'adoration du Veau d'or, un émoi intérieur fait puissamment tressaillir tout son corps. Bouleversé, il saisit de la main droite sa barbe superbement ruisselante, comme s'il voulait rester maître encore un moment de son émoi, pour éclater ensuite d'une manière foudroyante. »

Springer se rallie à cette manière de voir, non sans faire une objection qui arrêtera plus loin encore notre attention : « Bouillant de force et d'ardeur, le héros ne dompte qu'avec peine son agitation intérieure... On pense alors involontairement à une scène dramatique et on suppose que Moïse est représenté au moment où il perçoit l'adoration du Veau d'or et où, dans sa colère, il va s'élancer. Cette supposition doit cependant difficilement cadrer avec l'intention véritable de l'artiste, car le Moïse, comme les cinq autres statues assises de la superstructure [C'est-à-dire du tombeau du Pape.], était destiné à produire un effet d'abord décoratif. Mais qu'une pareille supposition s'impose, voilà qui témoigne de la plénitude de vie et de l'individualité essentielle du Moïse. »

Quelques auteurs, bien que ne se prononçant pas précisément en faveur de la scène du Veau d'or, se rencontrent cependant sur le point essentiel de cette interprétation : Moïse se trouverait sur le point de bondir et d'entrer en action.

Hermann Grimm : « Cette figure est empreinte d'une noblesse, d'un sentiment de sa propre dignité, d'une assurance - comme si tous les tonnerres du ciel se tenaient à la disposition de cet homme, et que cependant il se domptât avant de les déchaîner, attendant de voir si les ennemis qu'il veut anéantir oseront l'assaillir.

Il est assis là comme s'il voulait sur-le-champ s'élancer, la tête dressée fièrement au-dessus des épaules, saisissant de la main droite, sous le bras de laquelle les Tables reposent, la barbe qui retombe en lourds flots sur la poitrine, les narines respirant, larges, la bouche, les lèvres frémissantes déjà de paroles. »

Heath Wilson dit que l'attention de Moïse semble attirée par quelque chose, qu'il est prêt à bondir, mais qu'il hésite encore. L'expression du regard, dans lequel l'indignation et le mépris se mêlent, pourrait encore se changer en pitié.

Wölfflin parle de « mouvement enrayé ». La raison de cette inhibition serait ici la volonté de la personne elle-même, et ce qui serait ici représenté, c'est le dernier instant où l'on est encore maître de soi-même avant de se déchaîner, c'est-à-dire avant de se lever et bondir.

C'est C. Justi qui a le mieux fondé son interprétation sur la vision du Veau d'or et indiqué quels rapports certains détails de la statue, non encore remarqués, se trouvent avoir avec sa manière de penser. Il attire notre attention sur la position, en effet frappante, des deux Tables de la Loi, qui seraient sur le point de glisser sur le siège de pierre : « Moïse ou bien regarderait dans la direction du bruit avec l'impression, sur le visage, de fâcheux pressentiments, ou bien ce serait la vue de l'abomination elle-même qui l'aurait frappé de stupeur. Pénétré d'horreur et de douleur il s'est assis [Il est à remarquer que l'ordonnance soignée du manteau sur les jambes de la statue assise rend insoutenable cette première partie de la description de Justi. On devrait plutôt admettre que Moïse, assis dans le calme et saris s'attendre à rien, est effarouché par une vision subite.].

Quarante jours et quarante nuits, il est resté sur la montagne, donc il est très las. Tout ce qui est immense : un grand destin, un crime, un bonheur lui-même, peut bien, en un instant, être perçu, mais non compris dans son essence, sa profondeur, ses suites. En un instant il croit voir son oeuvre détruite, il désespère de ce peuple. A de pareils moments le tumulte intérieur se trahit par de petits mouvements involontaires. Et Moïse laisse glisser les deux Tables, qu'il tenait de la main droite, sur le siège de pierre ; elles se sont arrêtées sur un coin, serrées par l'avant-bras contre le flanc. La main cependant se porte à la poitrine et à la barbe, et doit ainsi attirer la barbe du côté droit au moment où la tête se tourne vers la gauche, détruisant la symétrie de ce large ornement viril ; il semble que les doigts jouent avec la barbe, comme l'homme civilisé, lorsqu'il est agité, joue avec sa chaîne de montre. La main gauche s'enfonce dans le vêtement sur le ventre (dans l'Ancien Testament les intestins sont le siège des passions). Cependant, déjà la jambe gauche se retire et la droite s'avance ; dans un instant il va s'élancer, transférer la force psychique de la sensation au vouloir, le bras droit va se mouvoir, les Tables tomber à terre et des flots de sang expier la honte de la désertion du vrai Dieu... » - « Ce n'est pas là encore le moment où l'action se déclenche. La douleur de l'âme règne encore, presque paralysante. »

Fritz Knapp s'exprime d'une manière toute semblable, bien que soustrayant la situation initiale à l'objection faite plus haut. Il suit d'ailleurs plus loin et plus logiquement le mouvement déjà indiqué des Tables. « Des bruits terrestres le sollicitent, lui qui venait d'être seul à seul avec son Dieu.

Il entend du vacarme, des cris de danses chantées le réveillent de son rêve. L'œil, la tête, se tournent du côté du bruit. Effroi, colère, toute la furie des passions sauvages se déchaîne subitement dans le colosse. Les Tables de la Loi commenceront à glisser, elles vont tomber à terre et se briser lorsque le colosse va bondir pour foudroyer les masses renégates des mots de sa colère... Ce moment de suprême tension est choisi... » Ainsi, Knapp met l'accent sur la préparation de l'action et ne croit pas, vu l'ébat d'émotion souveraine, que l'artiste ait voulu représenter une inhibition initiale.

Nous ne contesterons pas que des essais d'interprétation, tels que ceux de Justi et de Knapp, n'aient quelque chose de particulièrement intéressant. Ils doivent cette impression à ceci qu'ils ne s'en tiennent pas au seul effet général de la statue, mais mettent en valeur des détails caractéristiques qu'on omit souvent de remarquer, tout dominé et paralysé que l'on était par le grand effet d'ensemble. Le regard et la tête tournés résolument de côté, tandis que le reste du corps demeure droit, cadrent avec l'hypothèse que quelque chose est aperçu, attirant soudain l'attention de qui se trouvait au repos. Le pied soulevé de terre peut à peine donner lieu à une autre interprétation que : se préparer à bondir [Quoique le pied gauche de la statue si placide de -Julien, assis dans la chapelle des Médicis, se soulève de la même manière.]. Et la position tout à fait singulière des Tables, qui pourtant sont des objets sacrés et non des accessoires à reléguer n'importe où, s'explique si l'on admet qu'elles ont glissé de par l'émoi de qui les porte et qu'elles vont tomber à terre. Ainsi nous saurions que cette statue de Moïse figure un moment important et décisif de la vie de l'homme et nous ne risquerions pas de méconnaître ce moment.

Mais deux remarques de Thode nous privent à nouveau de ce que nous croyions déjà acquis.

Cet observateur dit qu'il ne voit pas les Tables glisser, mais « demeurer fermes ». Il constate « la position ferme et calme de la main droite sur les Tables dressées ». En y regardant nous-mêmes, nous sommes obligés de donner sans restriction raison à Thode. Les Tables posent solidement et ne courent aucun danger de glisser. La main droite les soutient ou s'appuie sur elles. Cela n'explique pas leur position, il est vrai, mais cette position ne peut plus rentrer dans l'interprétation de Justi et autres.

Une deuxième remarque est encore plus décisive. Thode rappelle que « cette statue a été conçue pour un groupe de six et qu'elle est représentée assise. Double contradiction avec l'hypothèse que Michel-Ange ait voulu fixer un moment historique donné. Car, en ce qui touche le premier point, l'idée de grouper six figures assises comme types de la nature humaine (vita activa, vita contemplativa) exclut la représentation d'événements historiques particuliers. Et, en ce qui touche le second, la représentation assise imposée par l'ensemble de la conception du monument se trouve en contradiction avec le caractère même de l'événement, à savoir la descente du mont Sinaï vers le camp ».

Admettons ces objections de Thode ; je crois que nous pourrons encore en renforcer la portée. Le Moïse devait, avec cinq autres statues (dans un projet postérieur trois), orner le piédestal du tombeau. Celle qui devait constituer son pendant le plus proche aurait dû être un saint Paul. Deux des autres, la Vita activa et la Vita contemplativa, Lia et Rachel, statues d'ailleurs debout, ont été exécutées et placées sur le monument actuel, lamentablement réduit. Cette appartenance du Moïse à un ensemble rend inadmissible l'idée que son aspect puisse mettre le spectateur dans l'attente de le voir se lever, se précipiter et de son propre mouvement donner l'alarme.

Si les autres statues ne devaient pas être représentées prêtes aussi à entrer en une action aussi violente, - ce qui est très improbable, - il eût été du plus mauvais effet que justement l'une d'elles pût donner l'illusion de quitter sa place et ses compagnes, c'est-à-dire de se soustraire à son rôle dans la structure du monument. Incohérence trop grossière qu'on ne saurait attribuer au grand artiste sans nécessité absolue. Une figure se précipitant ainsi eût été tout à fait incompatible avec l'impression qu'aurait dû produire le tombeau.

Ainsi donc, il ne faut pas que le Moïse veuille s'élancer, il faut qu'il puisse demeurer dans une tranquillité sublime comme les autres statues, comme celle prévue (mais non exécutée par Michel Ange) du Pape lui-même. Mais alors le Moïse ne peut représenter l'homme saisi de colère qui, en descendant du Sinaï, trouva son peuple apostat, jeta les saintes Tables et les fracassa. Et en effet, je me souviens de ma déception, lorsque, dans mes premières visites à Saint-Pierre-aux-Liens, j'allais m'asseoir devant la statue dans l'attente de la voir se lever brusquement sur son pied dressé, jeter à terre les Tables, et déverser toute sa colère. Rien de tout cela n'arriva ; la pierre se raidit au contraire de plus en plus, une sainte et presque écrasante immobilité en émana et j'éprouvai la sensation que là se trouve représenté quelque chose d'à jamais immuable, que ce Moïse resterait ainsi éternellement assis et irrité.

Mais si nous devons abandonner l'idée que la statue représente le moment précédant l'explosion de colère à la vue de l'idole, il ne nous reste plus qu'à nous rallier à l'une des opinions qui voient dans le Moïse une création de caractère.

Alors, de tous les jugements, celui de Thode semble le plus dénué d'arbitraire et le mieux étayé sur l'analyse des intentions de mouvement qui apparaissent dans la statue : « Ici, comme toujours, Michel-Ange a en vue la figuration d'un caractère type. Il dresse la figure d'un passionné conducteur d'hommes qui, conscient de sa tâche de donneur de lois divines, se heurte à l'incompréhensive opposition humaine. Pour caractériser un tel homme, pas d'autre moyen que de faire ressortir l'énergie de la volonté, et cela grâce à la mise en lumière d'un émoi transparaissant à travers le calme apparent, émoi qui se fait jour dans le mouvement de la tête, la tension des muscles, la pose de la jambe gauche. Mêmes moyens d'expression que pour le vir activus, le Julien de la chapelle des Médicis. Cette caractéristique générale est encore accentuée par la mise en valeur du conflit par lequel un tel génie façonneur d'hommes s'élève jusqu'à la généralité : la colère, le mépris, la douleur atteignent à leur expression typique. Sans cela, impossible de voir clair dans l'essence d'un tel surhomme. Ce n'est pas un être historique que Michel-Ange a créé, mais un type de caractère d'une insurmontable énergie maîtrisant le monde réfractaire. Et il a, ce faisant, fusionné et les traits donnés par la Bible, et ceux de sa propre vie intérieure, avec des impressions émanant de la personnalité de Jules II et - je le croirais volontiers - aussi de la combativité de Savonarole. »

On peut rapprocher de ces développements la remarque de Knackfuss : Le secret de l'impression faite par le Moïse résiderait dans l'opposition pleine d'art entre le feu intérieur et le calme extérieur de l'attitude.

19

Quant à moi, je ne trouve rien à redire à l'explication de Thode, mais il m'y semble manquer quelque chose.

Peut-être le besoin se fait-il sentir d'un lien plus intime entre l'état d'âme du héros et ce contraste entre « un calme apparent et un émoi intérieur » exprimé par son attitude.

II

Longtemps avant que j'aie pu entendre parler de psychanalyse, j'avais entendu dire qu'un connaisseur d'art, Ivan Lermolieff, dont les premiers essais furent publiés en langue allemande de 1874 à 1876, avait opéré une révolution dans les musées d'Europe, en révisant l'attribution de beaucoup de tableaux, en enseignant comment distinguer avec certitude les copies des originaux, et en reconstruisant, avec les œuvres ainsi libérées de leurs attributions primitives, de nouvelles individualités artistiques. Il obtint ce résultat en faisant abstraction de l'effet d'ensemble et des grands traits d'un tableau et en relevant la signification caractéristique de détails secondaires, minuties telles que la conformation des ongles, des bouts d'oreilles, des auréoles et autres choses inobservées que le copiste néglige, mais néanmoins exécutées par chaque artiste d'une manière qui le caractérise. J'appris ensuite que sous ce pseudonyme russe se dissimulait un médecin italien du nom de Morelli. Il mourut en 1891, sénateur du Royaume d'Italie. Je crois sa méthode apparentée de très près à la technique médicale de la psychanalyse. Elle aussi a coutume de deviner par des traits dédaignes ou inobservés, par le rebut «(refuse ») de l'observation, les choses secrètes ou cachées.

En deux endroits de la statue du Moïse se rencontrent des détails n'ayant pas encore été remarqués, n'ayant pas même été correctement décrits, détails qui sont en rapport avec l'attitude de la main droite et la position des deux Tables. Cette main intervient d'une façon singulière, forcée, et qui exige une explication, entre les deux Tables et la barbe du héros irrité. On a dit qu'avec les doigts elle fouillait dans la barbe, qu'elle jouait avec les mèches, tandis que le bord du petit doigt s'appuyait sur les Tables.

Rien de tout cela ne concorde avec la réalité. Recherchons soigneusement - cela en vaut la peine - ce que font les doigts de cette main droite, et décrivons exactement la puissante barbe avec laquelle ils sont en rapport 1. On le voit alors très nettement : le pouce de cette main est caché, l'index, et l'index seul, en contact effectif avec la barbe. Il s'enfonce si profondément dans la molle masse pileuse que celle-ci resurgit au-dessus et au-dessous (vers la tête et vers le ventre), dépassant le niveau du doigt qui la presse. Les trois autres doigts s'appuient contre la poitrine, les phalanges repliées, à peine frôlés par la boucle droite de la barbe qui leur échappe. Ils se sont pour ainsi dire écartés de la barbe. On ne peut donc pas dire que la main droite joue avec la barbe ou qu'elle y fourrage ; ceci seul est exact : un doigt unique, l'index, appuie sur une partie de la barbe et y creuse une profonde rigole. Voilà certes un geste bizarre et difficile à comprendre que de presser sa barbe d'un seul doigt !

La barbe très admirée du Moïse descend des joues, de la lèvre supérieure, du menton, en un certain nombre de mèches qu'on peut encore distinguer sur leur parcours. L'une des mèches les plus écartées sur la droite, celle qui part de la joue, se dirige vers le bord supérieur de l'index, qui la retient. Nous admettons qu'elle continue à glisser plus bas entre ce doigt et le pouce qui est caché. La mèche opposée, du côté gauche, descend sans déviation jusqu'au bas de la poitrine. La grosse masse de poils, intérieure à cette dernière mèche, de là jusqu'à la ligne médiane, a subi la plus surprenante des fortunes. Elle ne peut suivre le mouvement de la tête vers la gauche, mais est contrainte de former une courbe mollement déroulée, une sorte de guirlande venant croiser la masse pileuse interne de droite.

Elle se trouve en effet retenue par la pression de l'index droit, quoique émanant de gauche et constituant, en réalité, la part principale de la moitié gauche de la barbe. La barbe semble donc, dans sa masse principale, rejetée vers la droite bien que la tête soit fortement tournée à gauche. A la place où l'index doit s'enfoncer s'est formé une sorte de tourbillon ; là, des mèches de gauche et des mèches de droite s'entrecroisent, comprimées les unes et les autres par le doigt autoritaire. Par-delà seulement les masses pileuses s'épandent, libres, après avoir été déviées de leur direction primitive et retombent verticales jusqu'à la main gauche qui, reposant ouverte sur les genoux, en reçoit les extrémités.

Je ne me fais pas illusion sur la transparence de ma description et ne me risque pas à juger si l'artiste nous a facilité ou non l'explication de ce nœud dans la barbe. Mais un fait est au-dessus de toute contestation : la pression de l'index de la main droite retient surtout des mèches de la moitié gauche de la barbe, et, par cette énergique intervention, la barbe se trouve empêchée de participer au mouvement de la tête et du regard vers la gauche. On peut alors se demander ce que cette disposition signifie et à quels motifs elle doit d'être. Si réellement des considérations de ligne ou de remplissage ont amené l'artiste à porter vers la droite l'ondoyante masse de la barbe du Moïse regardant vers la gauche, employer pour cela la pression d'un seul doigt semble un moyen bien peu approprié ! Qui donc, après avoir rejeté pour une raison quelconque sa barbe de côté s'aviserait de maintenir une moitié de barbe sur l'autre par la pression d'un doigt ? Peut-être, après tout, ces détails ne signifient-ils rien et nous cassons-nous la tête à propos de choses indifférentes à l'artiste ?

Mais continuons à croire à la signification de ces détails.

Une solution alors se présente qui lève toute difficulté et nous fait pressentir un sens nouveau.

Si, chez le Moïse, les mèches gauches de la barbe sont pressées par l'index droit, peut-être est-ce là le vestige d'un rapport entre la main droite et le côté gauche de la barbe, lequel était plus intime dans l'instant précédant celui qui est figuré. La main droite avait peut-être saisi la barbe avec bien plus d'énergie, s'était avancée jusqu'au bord gauche; en se retirant dans la position où nous la voyons maintenant, une partie de la barbe l'aurait suivie, portant à présent témoignage du mouvement qui se déroula. La guirlande de barbe marquerait la trace du chemin parcouru par la main.

Ainsi nous aurions découvert un mouvement régressif de la main droite. Cette supposition nous en impose inévitablement d'autres. Notre imagination complète l'événement dont le mouvement décelé par l'attitude de la barbe ne serait qu'un épisode et nous ramène sans efforts à l'interprétation d'après laquelle Moïse au repos eût soudain été effarouché par la rumeur du peuple et la vue du Veau d'or. Il était assis tranquille, la tête, avec la barbe ondoyante, regardant droit devant elle ; la main n'avait probablement rien à faire avec la barbe. Le bruit frappe son oreille, la tête et le regard se tournent du côté d'où vient ce bruit troublant, Moïse voit la scène et la comprend. Alors, saisi de colère, d'indignation, il voudrait s'élancer, punir les sacrilèges, les anéantir. Mais la fureur, qui se sait encore loin de son but, éclate en attendant dans un geste contre le propre corps. La main, impatiente, prête à agir, saisit par-devant la barbe, qui avait suivi le mouvement de la tête, la serre d'une poigne de fer entre le pouce et la paume de la main, avec les doigts qui se referment, geste de force et de violence rappelant d'autres figures de Michel-Ange.

Alors - nous ne savons encore comment ni pourquoi - survient un changement : la main qui s'était avancée, plongée dans la barbe, est retirée vivement, elle lâche la barbe, les doigts s'en détachent, mais ils y étaient si profondément enfouis qu'en se retirant ils entraînent une puissante mèche de gauche à droite et là, sous la pression d'un doigt unique, le supérieur et le plus long, cette masse va s'étendre au-dessus des mèches de droite. Et cette position nouvelle, qui ne s'explique que par le mouvement l'ayant précédée, est maintenant fixée.

Le moment est venu de réfléchir. Voici ce que nous avons admis : la main droite se trouvait d'abord en dehors de la barbe ; dans un moment de violente émotion elle s'est portée vers la gauche pour saisir celle-ci ; enfin, elle s'est de nouveau retirée, entraînant avec soi une partie de la barbe. Nous avons disposé de cette main droite comme si nous pouvions en agir avec elle à notre guise. Mais en avons-nous le droit ? Cette main est-elle donc libre ? N'a-t-elle pas à tenir ou porter les saintes Tables ? De telles fantaisies de gestes ne lui sont-elles pas interdites par cette importante fonction ? De plus, par quoi ce mouvement de recul est-il motivé, si la main avait obéi à un motif puissant en abandonnant sa pose première ?

Voilà des difficultés nouvelles. Sans aucun doute la main droite est en rapport avec les Tables. Nous ne pouvons par ailleurs pas nier être à court d'un mobile forçant la main droite à la retraite inférée. Mais si ces deux difficultés se laissaient dénouer ensemble en révélant un événement possible à comprendre sans lacunes ? Si justement ce qui arrive aux Tables nous rendait compte des mouvements de la main ?

Il faut remarquer à propos de ces Tables une chose qui jusqu'ici ne lut pas jugée digne d'observation.

On disait : la main s'appuie sur les Tables, ou bien : la main soutient les Tables. On voit d'ailleurs dès l'abord les deux Tables rectangulaires et serrées l'une contre l'autre dressées sur un coin. Si l'on y regarde de plus près, on découvre que le bord inférieur des Tables est autrement façonné que le bord supérieur, penché en avant de biais. Ce bord supérieur se termine en ligne droite, tandis que l'inférieur offre dans la partie de devant une saillie, une sorte de corne, et c'est justement par cette saillie que les tables touchent le siège de pierre. Quelle peut être la signification de ce détail, d'ailleurs très inexactement reproduit dans un grand moulage en plâtre de l'Académie des Beaux-arts à Vienne ? Cette corne doit désigner cela est à peine douteux - le bord supérieur des Tables d'après le sens de l'écriture. Seul le bord supérieur de semblables tables rectangulaires a coutume d'être arrondi ou échancre. Donc les Tables sont ici la tête en bas. Singulier traitement d'objets aussi sacrés. Elles sont sens dessus dessous et en équilibre instable sur une pointe. Quel facteur a pu contribuer à une pareille conception ? Ou bien ce détail-là aussi aurait-il été indifférent à l'artiste ?

On se convainc alors de ceci : les Tables, elles aussi, ont pris cette position par suite d'un mouvement déjà accompli, et ce mouvement a dépendu du changement de position inféré de la main ; puis, à son tour, ce mouvement des Tables a forcé la main à son ultérieur recul. Ce qui concerne la main et ce qui concerne les Tables se combine alors dans I'ensemble suivant. Au début, lorsque le personnage était assis au repos, il tenait les Tables dressées sous le bras droit. La main droite les tenait par le bord inférieur et y trouvait un appui dans la saillie dirigée en avant.

Cette facilité pour porter les Tables explique sans plus pourquoi les Tables étaient tenues à rebours. Alors survint le moment où le repos fut troublé par la rumeur. Moïse tourna la tête, et quand il eut aperçu la scène, son pied se prépara à l'élan, sa main lâcha les Tables et se porta à gauche et en haut dans la barbe, comme exerçant d'abord sur soi sa propre violence. Les Tables furent alors confiées à la pression du bras qui devait les serrer contre la poitrine. Mais cette pression fut insuffisante et les Tables se mirent à glisser en avant et en bas, leur bord supérieur d'abord maintenu horizontal se porta en avant et en bas ; le bord inférieur, privé de son soutien, se rapprocha, par son angle antérieur, du siège de pierre. Un instant de plus, les Tables allaient tourner sur ce nouveau point d'appui, atteindre, par le bord auparavant supérieur, le sol et s'y fracasser. Pour éviter cela, la main droite se retire brusquement, lâche la barbe dont elle entraîne sans le vouloir une partie, rattrape le bord des Tables et les soutient non loin de leur angle arrière devenu maintenant l'angle supérieur. Ainsi cet assemblage qui semble singulier, forcé, de barbe, de main et de doubles Tables dressées sur la pointe, peut se déduire d'un geste passionné de la main et des conséquences bien fondées qui en dérivent. Veut-on annuler la trace de ces mouvements impétueux, il faut relever l'angle supérieur de devant des Tables, le repousser dans le plan général de la statue, écarter ainsi du siège de pierre l'angle inférieur de devant (celui qui a la saillie), abaisser la main et la mettre sous le bord des Tables dont la position redevient ainsi horizontale.

J'ai fait faire par un artiste trois dessins destinés à faire comprendre ma description.

Le troisième rend la statue telle que nous la voyons ; les deux autres représentent les états préparatoires qu'implique mon interprétation, le premier, celui du repos, le deuxième celui de la plus violente tension : apprêts de l'élan, abandon par la main des Tables et chute imminente de celles-ci. On peut observer que les deux reproductions complémentaires de mon dessinateur rendent hommage aux descriptions inexactes des auteurs précédents. Un contemporain de MichelAnge, Condivi, disait : « Moïse, duc et capitaine des Hébreux, est assis comme un sage en méditation, il serre sous le bras les Tables de la Loi et se tient le menton (!) de la

28

main gauche, comme quelqu'un de fatigué et plein de soucis. » Cela ne se saurait voir dans la statue de Michel-Ange, et cependant coïncide presque avec la supposition sur laquelle est fondé le premier dessin. W. Lübke avait écrit, avec d'autres observateurs : « Bouleversé, il saisit de la main droite la barbe qui se répand magnifiquement... » Voilà qui est inexact par rapport à la reproduction de la statue, mais qui concorde avec notre deuxième dessin. Justi et Knapp ont vu, ainsi que nous l'avons mentionné, que les Tables sont en train de glisser et en danger de se briser. Ils durent se voir corrigés par Thode leur montrant que les Tables étaient solidement retenues par la main droite, mais ils auraient eu raison si, au lieu de décrire la statue, ils avaient voulu faire la description de notre dessin du milieu. On pourrait presque croire que ces auteurs se sont écartés de l'image réelle de la statue et que, sans s'en douter, ils ont commencé une analyse des motifs de ses gestes, les amenant aux mêmes conclusions que celles établies par nous d'une manière plus consciente et plus positive.

III

Si je ne me trompe, nous allons maintenant récolter le fruit de nos peines. Nous l'avons vu : pour beaucoup de ceux que la statue impressionne, l'interprétation s'impose qu'elle représente Moïse sous l'influence du spectacle de son peuple corrompu dansant autour d'une idole. Mais il avait fallu abandonner cette interprétation, car la conséquence en eût été que Moïse fût prêt à s'élancer sur-le-champ, à briser les Tables et à accomplir l'œuvre de vengeance. Or, cela eût été en contradiction avec la destination de la statue qui devait faire partie du tombeau de Jules II en même temps que trois ou cinq autres figures assises. Nous pouvons maintenant reprendre cette interprétation abandonnée, car notre Moïse ne va ni s'élancer ni jeter les Tables loin de lui. Ce que nous voyons en lui n'est pas le début d'une action violente, mais les restes d'une émotion qui s'éteint. Il avait voulu, dans un accès de colère, se précipiter, tirer sa vengeance, oublier les Tables, mais il a vaincu la tentation, il va rester assis ainsi, sa fureur maîtrisée, dans une douleur mélangée de mépris. Il ne rejettera pas non plus les Tables pour les briser sur la pierre, car c'est à cause d'elles qu'il a dominé son courroux, c'est pour les sauver qu'il a vaincu son emportement passionné. Alors qu'il s'abandonnait à son indignation il fallait qu'il négligeât les Tables, qu'il retirât la main qui les tenait. Elles se mirent à glisser, elles furent en danger de se briser. Cela le rappela à lui. Il pensa à sa mission et, à cause d'elle, renonça à satisfaire sa passion. Sa main se retira brusquement et sauva les Tables avant qu'elles eussent pu tomber. Il resta dans cette position d'attente, et c'est ainsi que Michel-Ange l'a représenté comme gardien du tombeau.

Une triple stratification, dans le sens de la verticale, est visible dans cette statue.

Les traits du visage reflètent les émotions devenues prédominantes, le milieu du corps manifeste les signes du mouvement réprimé, le pied indique encore par sa position l'action projetée, comme si la maîtrise de soi avait progressé de haut en bas. Le bras gauche, dont il n'a pas été question encore, semble réclamer sa part de notre interprétation. La main gauche repose mollement sur les genoux et enveloppe d'une façon caressante les derniers bouts de la barbe retombante. Il semble qu'elle veuille compenser la violence avec laquelle, un moment auparavant, la main droite avait malmené la barbe.

On va maintenant nous objecter que ce n'est donc pas là le Moïse de la Bible, lequel entra réellement en colère, lança les Tables et les brisa, mais un tout autre Moïse, né de la conception de l'artiste, qui se serait permis de corriger les textes sacrés et d'altérer le caractère de l'homme divin. Nous est-il permis d'attribuer à Michel-Ange cette liberté, peu éloignée d'être un sacrilège ?

Le passage de l'Écriture Sainte, où est relatée la conduite. de Moïse dans la scène du Veau d'or, est le

31

suivant [Les traductrices se sont servies de la version française de S. Cahen. (La Bible, à Paris, chez l'auteur, rue Pavée, n° 1, 1845.) Freud avait cité la traduction de Luther en s'en excusant comme d'un anachronisme (N. D. T.)] :

« ... 7) L'Éternel dit à Mosché : va, descends, car il s'est corrompu ton peuple quetu as fait monter de l'Égypte.

« ... 8) Ils se sont bien vite détournés de la voie que je leur avais prescrite ; ils se sont fait un veau en fonte, ils se sont prosternés devant lui, lui ont fait des sacrifices etont dit : Israël ! voici tes dieux qui t'ont fait monter du pays d'Égypte.

« ...9) L'Éternel dit aussi à Mosché : J'ai vu ce peuple, et certes il est un peuple au cou dur.

« ...10) Maintenant, laisse-moi, que ma colère s'enflamme contre eux, que je les consume, et je te ferai devenir une nation puissante.

« ... 11) Mosché implora l'Éternel son dieu, et dit

Pourquoi, ô Éternel, ta colère s'enflammera-t-elle contre ton peuple que tu as faitsortir du pays d'Égypte avec une grande force et une main puissante ?...

« ... 14) L'Éternel revint sur le mal qu'il avait résolu de faire à son peuple.

« 15) Mosché retourna et descendit de la montagne, les deux tables de témoignage dans sa main, tables écrites des deux faces ; sur une (face) et sur l'autre elles étaient écrites.

« 16) Les tables étaient l'ouvrage de Dieu, et l'écriture était l'écriture de Dieu, gravée sur les tables.

« 17) Iehouschouâ entendit la voix retentissante du peuple, et dit à Mosché : il y a un cri de guerre dans le camp.

« 18) Il (Mosché) répondit : Ce n'est ni un cri alternant de force, ni un cri alternant de faiblesse, mais c'est un cri alternant (de chant) que j'entends.

« 19) Il advint qu'en s'approchant du camp il vit le veau et des danses ; la colère de Mosché s'alluma ; il jeta de ses mains les tables, et les brisa au pied de la montagne.

« 20) Il prit le veau qu'ils avaient fait, le calcina au feu et le moulut, jusqu'à ce qu'il fût en poudre ; il répandit (cette poudre) sur l'eau, et en fit boire aux enfants d'Israël...

« ...30) C'était le lendemain, et Mosché dit au peuple : Vous avez commis ungrand péché, et maintenant je monterai vers l'Éternel ; peut-être feraije obtenir pardon à votre péché.

« 31) Mosché retourna vers l'Éternel, et dit : Ah ! ce peuple a commis un grand péché ; ils se sont fait des dieux d'or ;

« 32) Maintenant, si tu supportes leur péché... sinon efface-moi de ton livre que tu as écrit.

« 33) L'Éternel dit à Mosché : Celui qui a péché contre moi, je l'effacerai de mon livre.

« 34) Va, maintenant conduis ce peuple où je t'ai dit : voici, mon ange marchera devant toi, et au jour de mon ressentiment je leur ferai sentir leur péché.

« 35) L'Éternel frappa le peuple parce qu'ils avaient fait le veau, celui qu'avait fait Aaron. »

Sous l'influence de l'exégèse moderne, il nous est impossible de lire ce passage sans y trouver la trace d'une maladroite compilation de plusieurs récits émanant desources différentes. Dans le verset 8, l'Éternel annonce lui-même à Moïse que son peuple s'est montré apostat et s'est fabriqué une idole. Moïse intercède pour les pécheurs. Pourtant, au verset 18, il se comporte envers Josué comme s'il ne le savait pas et il s'emporte de colère subite (V. 19) quand il aperçoit la scène de l'adoration des faux dieux. Dans le verset 14, il a déjà obtenu le pardon de Dieu pour son peuple pécheur, pourtant il retourne (V. 31) sur la montagne pour implorer ce pardon, ilavertit l'Éternel de l'apostasie du peuple et obtient l'assurance que la punition sera différente. Le verset 35 se rapporte à une punition du peuple par Dieu, dont on ne dit rien, tandis que les versets de 20 à 30 décrivent le châtiment exercé par Moïse lui-même.

On sait que les parties historiques de ce livre, qui raconte l'Exode, présentent des contradictions encore plus incongrues et frappantes.

Pour les hommes de la Renaissance, il n'y avait naturellement pas de critique du texte biblique, ils le considéraient comme cohérent et trouvaient sans doute qu'il n'offrait pas un bon point d'appui à l'art descriptif. Le Moïse de la Bible a été averti que le peuple s'est adonné à l'adoration des faux dieux, il s'est porté vers la clémence et le pardon, et tombe néanmoins dans un subit accès de fureur lorsqu'il aperçoit de Veau d'or et la foule dansant autour. Quoi d'étonnant à ce que l'artiste, voulant décrire la réaction à cette douloureuse surprise de son héros, se soit rendu, pour des motifs psychiques internes, indépendant du texte biblique ? De tels écarts du texte de l'Écriture n'étaient nullement inhabituels, même pour de moindres raisons, ni interdits à l'artiste. Un tableau célèbre du Parmesan [Jérôme-François Mazzueli, dit le Parmesan, peintre italien né à Parme, mort à Casal-Majeur (1504-1540). (N. D. T.)], qui se trouve dans sa ville natale, nous montre Moïse assis en haut d'une montagne et précipitant les Tables à terre, quoique le verset de la Bible dise expressément : il les brisa au pied de la montagne. Déjà la représentation d'un Moïse assis ne peut s'appuyer sur le texte biblique et elle semble donner raison à ceux qui admettent que la statue de Michel-Ange ne se propose pas de fixer un moment précis de la vie du héros.

Mais la transformation que Michel-Ange, d'après notre interprétation, fait subir au caractère de Moïse, est encore plus importante que l'infidélité au texte biblique. Moïse, en tant qu'homme, était, d'après les témoignages de la tradition, irascible et sujet à des emportements passionnés.

Dans un de ces accès de sainte colère il avaittué l'Égyptien qui maltraitait un Israélite, ce qui le contraignit à quitter le pays et à s'enfuir au désert. Dans un éclat de passion analogue, il avait fracassé

35

les Tables écrites par Dieu lui-même. Quand la tradition témoigne de pareils traits de caractère, sans doute est-elle sans parti pris et a-t-elle gardé l'empreinte d'une grande personnalité ayant réellement existé. Mais Michel-Ange a placé sur le tombeau du Pape un autre Moïse, supérieur au Moïse de l'histoire ou de la tradition. Il a remanié le thème des Tables de la Loi fracassées, il ne permet pas à la colère de Moïse de les briser, mais la menace qu'elles puissent être brisées apaise cette colère ou tout au moins la retient au moment d'agir. Par-là il a introduit dans la figure de Moïse quelque chose de neuf, de surhumain, et la puissante masse ainsi que la musculature exubérante de force du personnage ne sont qu'un moyen d'expression tout matériel servant à rendre l'exploit psychique le plus formidable dont un homme soit capable : vaincre sa propre passion au nom d'une mission à laquelle il s'est voué.

L'interprétation de la statue de Michel-Ange semble ici achevée. On peut encore poser une question : quels motifs ont poussé l'artiste à choisir, pour le tombeau du Pape Jules II, un Moïse et surtout un Moïse ainsi transformé ? De bien des côtés, et unanimement, on a prétendu que ces motifs seraient à rechercher dans le caractère du Pape et dans les rapports que l'artiste avait avec lui. Jules II s'apparentait à Michel-Ange en ceci qu'il cherchait à réaliser de grandes et puissantes choses, avant tout le grandiose par la dimension. Il était homme d'action, sort but était net : il visait à l'unité de l'Italie sous la domination de la Papauté.

Ce qui ne devait réussir que plusieurs siècles plus tard par la coaction d'autres forces, il voulait l'atteindre seul, isolé, dans le court espace de temps et de domination à lui dévolu, impatient, par des moyens violents. Il savait voir en Michel-Ange l'un de ses pairs, mais il le fit souvent souffrir par ses colères et ses manques d'égards. L'artiste se sentait doué de la même ambitieuse violence et il se peut que, esprit spéculatif autrement pénétrant, il ait pressenti l'insuccès auquel tous deux étaient voués. Ainsi il dota le mausolée du Pape de son Moïse, ce qui n'était pas sans constituer un reproche à son protecteur disparu, un avertissement à soi-même, et par cette œuvre de critique il sut s'élever au-dessus de sa propre nature.

IV

En 1863, un Anglais, W. Watkiss Lloyd, a consacré un petit livre au Moïse de Michel-Ange [W. Watkiss Lloyd : The Moses of Michel-Angelo, London, William, and Norgate, 1863.]. Lorsque je réussis à me procurer cet écrit de quarante-six pages, c'est avec des sentiments mêlés que je pris connaissance de son contenu. Ce me fut une occasion d'expérimenter sur moi-même quels mobiles peu dignes et enfantins interviennent souvent dans nos travaux au service d'une grande cause. Je regrettai que Lloyd eût trouvé d'avance et indépendamment de moi une bonne part de ce qui m'était cher à titre de résultat de mes propres efforts, et après coup seulement; je pus me réjouir de cette confirmation inattendue. Il est vrai que nos vues divergent sur un point décisif.

Lloyd a d'abord remarqué que les descriptions habituelles sont inexactes, que Moïse n'est pas sur le point de se lever [But he is not rising or preparing to rise ; the bust is fully upright, net thrown forward for the alteration of balance preparatory for such a movement... (p. 10).], que la main droite ne saisit pas la barbe, et que son index seul repose sur elle [Such a description is altogether erroneous; the fillets of the beard are detained by the right hand, but they are not held, nor grasped, enclosed or taken hold of. They are

38

oven detained but momentarily - momentarily engaged, they are on the point of being free for disengagement (p. 11).].

Il a aussi constaté, ce qui est plus important, que la position de la statue représentée ne peut s'expliquer que par le rappel d'un moment précédent, non représenté, et que le fait de porter les mèches gauches de la barbe vers la droite indique que la main droite et la partie gauche de la barbe devaient se trouver précédemment en relation intime et naturelle.

Mais il prend une autre voie pour rétablir ce voisinage nécessairement déduit, il ne dit pas : la main se portait sur la barbe, mais : la barbe se trouvait près de la main. Il explique qu'on doit se figurer les choses ainsi : « la tête de la statue, juste avant la subite surprise, était tournée en plein sur la droite au-dessus de la main qui, avant comme après, tenait les Tables de la Loi ». Le poids exercé sur la paume de la main (par les Tables) fait s'ouvrir naturellement les doigts sous les boucles retombantes et le subit mouvement de conversion de la tête de l'autre côté a pour effet qu'une partie des mèches se trouve un moment retenue par la main restée immobile, constituant cette guirlande de barbe qu'il faut comprendre comme un sillage (« wake »), laissé par la main.

Lloyd se laisse détourner de l'autre rapprochement possible entre la main droite et la moitié gauche de la barbe par une considération qui prouve combien il a passé près de notre interprétation. Il n'admet pas que le prophète, même dans la plus grande agitation, ait pu étendre la main pour tirer ainsi sa barbe de côté. Dans ce cas, la position des doigts serait devenue tout autre, et, de plus, à la suite de ce mouvement, les Tables, qui ne sont retenues que par la pression de la main, auraient dû tomber ; il faudrait donc attribuer au personnage, pour qu'il pût encore retenir les Tables, un geste maladroit dont la représentation équivaudrait à une profanation. (« Unless clutched by a gesture so awkward, that to imagine it is profanation. »)

Il est facile de voir à quoi tient cette omission de l'auteur. Il a exactement interprété les singularités concernant la barbe, en y voyant les marques d'un mouvement déjà accompli, mais il a négligé de tirer les mêmes conclusions des particularités, non moins forcées, de la position des Tables.

Il ne tient compte que des indications données par la barbe, et non plus de celles fournies par les Tables, dont il considère la position finale comme ayant été aussi l'originale. C'est ainsi qu'il se barre le chemin vers une conception telle que la nôtre, conception qui, par la mise en valeur de certains détails peu apparents, conduit à une interprétation surprenante et de toute la figure et des intentions qui l'animent.

Mais qu'en serait-il si tous deux nous faisions fausse route ? Si nous avions estimé importants et significatifs des détails indifférents à l'artiste et qu'il aurait, arbitrairement ou pour des raisons plastiques, faits tels qu'ils sont, sans sous-entendre aucun mystère ? Aurions-nous subi le sort de tant de critiques qui croient voir distinctement ce que l'artiste n'a voulu faire ni consciemment, ni inconsciemment?

Je ne saurais en décider. A Michel-Ange, à l'artiste dans les oeuvres duquel un si grand fonds d'idées lutte pour trouver son expression, convient-il d'attribuer une indécision aussi naïve, et cela justement quand il s'agit de ces traits frappants et étranges de la statue de Moïse ? Finalement, on peut ajouter en toute humilité que la cause de cette incertitude, l'artiste en partage la responsabilité avec le critique. Michel-Ange a maintes fois été dans ses créations jusqu'à la limite extrême de ce que l'art peut exprimer ; peut-être n'a-t-il pas non plus atteint le plein succès avec le Moïse, si son intention était de laisser deviner la tempête qu'a soulevée une émotion violente par les signes qui en demeurent, quand, la tempête passée, le calme est rétabli.

Appendice

[A paru en allemand dans Imago, 1927, vol. Xlll, fasc. 4.]

Des années après la parution de ce travail sur le Moïse de Michel-Ange, publiée en 1914, dans la revue Imago, sans que mon nom fût mentionné, un numéro du Burlington Magazine for Connoisseurs (No CCXVII, vol. XXXVIII, avril 1921) parvint entre mes mains par les soins de E. Jones, de Londres, et ainsi fut à nouveau sollicité mon intérêt pour l'interprétation que J'avais proposée de la statue. Dans ce numéro se trouve un court article de H. P. Mitchell, relatif à deux bronzes du XIIe siècle, actuellement à l'Ashmolean Museum à Oxford, et attribués à un éminent artiste de ce temps : Nicolas de Verdun. De lui nous possédons encore d'autres œuvres à Tournai, à Arras et à Klosterneuburg, près Vienne ; le reliquaire des Trois-Rois, à Cologne, est considéré comme son chef-d'œuvre.

L'une des deux statuettes étudiées par Mitchell est un Moïse (haut d'un peu plus de 23 cm), identifié comme tel indiscutablement de par les Tables de la Loi qu'il porte. Ce Moïse est également représenté assis, enveloppé d'un manteau à larges plis ; son visage à une expression émue, passionnée et peut-être affligée,

42

sa main droite saisit la longue barbe et en presse les mèches, comme en une pince, entre la paume et le pouce, c'est-à-dire exécute ce même mouvement supposé, dans la figure 2 de mon essai, être le stade préliminaire de l'attitude dans laquelle nous voyons maintenant figé le Moïse de Michel-Ange.

Le Moïse de l'artiste lorrain tient les Tables de la main gauche par leur bord supérieur et les appuie sur son genou ; transfère-t-on les Tables de l'autre côté et les confie-t-on au bras droit, alors on a rétabli la situation initiale du Moïse de Michel-Ange.

Si ma conception du geste par lequel Moïse saisit sa barbe est admissible, le Moïse de l'an 1180 reproduit un moment emprunté à l'orage des passions, la statue de Saint-Pierre-aux-Liens le calme après l'orage.

Je crois que la trouvaille dont il est ici fait part accroît la vraisemblance de l'interprétation que j'ai essayée dans mon travail de 1914. Peut-être sera-t-il possible à un connaisseur d'art de combler l'abîme creusé par les siècles entre le Moïse de Nicolas de Verdun et celui du maître de la Renaissance italienne, en montrant qu'il existe des types intermédiaires de Moïse.

FIN DE L'ARTICLE

FIN